L'inquiétante étrangeté

Sigmund Freud

I

Le psychanalyste ne se sent que rarement appelé faire des recherches d'esthétique, même lorsque, sans vouloir borner l'esthétique à la doctrine du beau, on la considère comme étant la science des qualités de notre sensibilité. Il étudie d'autres couches de la vie psychique et s'intéresse peu à ces mouvements émotifs qui - inhibés quant au but, assourdis, affaiblis, dépendant de la constellation des faits qui les accompagnent - forment pour la plupart la trame de l'esthétique. Il est pourtant parfois amené à s'intéresser à un domaine particulier de l'esthétique, et généralement c'en est alors un qui se trouve a à côté » et négligé par la littérature esthétique proprement dite.

1 Paru dans Imago, tome V (1919), puis dans la cinquième série de Ja Sammlung kleiner Schrillen zur Neurosenlehre.

2 Il nous a semblé impossible de mieux traduire ce terme allemand en réalité intraduisible en français. Le double vocable auquel, après bien des hésitations, nous nous sommes arrêtées. nous paraît du moins avoir le mérite de rendre les deux principaux concepts contenus dans le terme allemand. (N. D. T.)

3 Zur Psychologie des Unheimlichen (Psychiatr. neurolog. Wochenschrift, 1906, nos 22 et 23).

4 Je dois au docteur Th. Reik les extraits qui suivent.

5 Ces italiques, comme aussi celles qui suivent plus loin, sont de l'auteur de cet essai.

6 [Tel quel dans le texte. JMT]

7 3e volume de l'édition des Oeuvres complètes d'Hoffmann par Crisebach.

8 Pour la dérivation du nom : Coppella = coupelle (les opérations chimiques dont son père est victime) ; coppo = orbite de l'œil (d'après une remarque de Mme Rank).

9 De fait, l'imagination du conteur n'a pas brassé à tel point les éléments de son sujet qu'on ne puisse en rétablir l'ordonnance primitive. Dans l'histoire de l'enfant, le père et Coppélius représentent l'image du père décomposé, grâce à l'ambivalence, en ses deux contraires ; le premier menace l'enfant de l'aveugler (castration), l'autre, le bon père, lui sauve les yeux par son intervention. Le côté du complexe que le refoulement frappa le plus fortement, la désir de la mort du mauvais père, se trouve représenté par la mort du bon père dont est chargé Coppélius. A ces deux pères correspondent dans la suite de l'histoire de l'étudiant le professeur Spalanzani et l'opticien Coppola, le professeur par lui-même personnage de la lignée des pères, et Coppola identifié avec l'avocat Coopélius. De même qu'ils travaillaient dans le temps ensemble nu mystérieux foyer, de même ils ont parachevé la poupée Olympia ; le professeur est d'ailleurs appelé le père d'Olympia. Tous deux, par cette double communauté, se révèlent comme étant des dédoublements de l'image paternelle - le mécanicien comme l'opticien se trouvent être le père d'Olympia comme de Nathanaël. Dans la scène d'horreur d'autrefois, Coppélius, après avoir renoncé à aveugler l'enfant, lui avait dévissé à titre d'essai bras et jambes, le traitant comme l'aurait fait un mécanicien d'une poupée. Ce trait singulier, qui sort complètement du cadre de l'apparition de l'homme au sable, nous apporte un nouvel équivalent de la castration ; mais il indique aussi l'identité interne de Coppélius et de son futur antagoniste, le mécanicien Spalanzani, et nous prépare à l'interprétation d'Olympia. Cette poupée automate ne peut être autre chose que la matérialisation de l'attitude féminine de Nathanaël envers son père dans sa première enfance.

Les pères de celle-ci, - Spalanzani et Coppola, - ne sont que des rééditions, des réincarnations des deux pères de Nathanaël ; l'allégation, qui serait sans cela incompréhensible, de Spalanzani, d'après laquelle l'opticien aurait volé les yeux de Nathanaël (voir plus haut) pour les poser à la poupée, acquiert ainsi une signification en tant que preuve de l'identité d'Olympia et de Nathanaël. Olympia est en quelque sorte un complexe détaché de Nathanaël qui se présente à lui sous l'aspect d'une personne; la domination exercée par ce complexe trouve son expression dans l'absurde amour obsessionnel pour Olympia. Nous avons le droit d'appeler cet amour du narcissisme, et nous comprenons que celui qui en est atteint devienne étranger à l'objet d'amour réel. Combien il est exact, psychologiquement, que le jeune homme fixé au père par le complexe de castration devienne incapable d'éprouver de l'amour pour la femme, c'est ce que démontrent de nombreuses analyses de malades dont la matière est moins fantastique, mais guère moins triste que l'histoire de l'étudiant Nathanaël.

E. T. A. Hoffmann était l'enfant d'un mariage malheureux. Lorsqu'il avait trois ans, son père se sépara de sa petite famille et ne revint plus jamais auprès d'elle. D'après les témoignages que rapporte E. Grisebach dans son introduction biographique aux Oeuvres d'Hoffmann, la relation du conteur à son père fut toujours un des côtés les plus douloureux de sa vie affective.

10 O. Rank, Der Doppelgänger, Imago, III, 1914, (Une étude sur le double), Denoël et Steele, 1932.

11 Je crois que lorsque les auteurs se lamentent sur ce que deux âmes habitent dans le sein de l'homme et quand les psychologues vulgarisateurs parlent de la scission du moi chez l'homme, c'est cette division, ressortissant à la psychologie entre l'instance critique et le restant du moi, qui flotte devant leurs yeux, et non point l'opposition, découverte par la psychanalyse, entre le moi et le refoulé inconscient.

La différence s'efface cependant de ce fait que, parmi ce que la critique du moi écarte, se trouvent en première ligne les rejetons du refoulé.

12 Dans la nouvelle de H. H. Ewers, Der Student von Prag (L'étudiant de Prague) qui a servi de point de départ à Rank pour son étude sur le double, Io héros a promis à sa fiancée de ne pas tuer son adversaire en duel. Mais tandis qu'il se rend sur le terrain il rencontre

son double qui vient de tuer son rival.

13 P. Kammerer, Das Gesetz der Serie (La Loi de la série), Vienne, 1919.

14 Jenseits des Lustprinzips (Par-delà le principe du plaisir) dans Essais de Psychanalyse. (Trad. Jankélévitch, Paris, Payot, 1927.) (N. D. T.)

15 Bemerkungen über einen Fall von Zwangsneurose (Remarques sur un cas de névrose obsessionnelle). Ges. Schriften, vol. VIII. (Trad. Marie Bonaparte et R. Loewenstein, Revue française de Psychanalyse, 1932, 3.)

16 Der böse Blick und Verwandtes. (Le mauvais œil et choses connexes), 2 vol., Berlin, 1910 et 1911.

17 Comparer la partie III, « animisme, magie et toute-puissance des idées », dans le livre de l'auteur Totem et Tabou, 1913 (trad. Jankélévitch, Payot, Paris, 1921). Là aussi se trouve cette remarque: « Il semble que nous prêtions le caractère de l'inquiétante étrangeté (de l'Unheimliche), à ces impressions qui tendent à confirmer la toute-puissance des pensées et la manière animiste de penser, alors que notre jugement s'en est déjà détourné. »

18 Comparez . « Le tabou et l'ambivalence des sentiments, », dans Totem et Tabou.

19   Sie ahnt, dass ich ganz sicher ein Genie
    Vielleicht sogar der Teufet bin.

20 Comme l'inquiétante étrangeté qui touche au double est de cette famille, il est intéressant de nous rendre compte de l'effet que produit sur nous l'apparition non voulue et imprévue de notre propre personne. E. Mach raconte deux semblables observations dans Analyse der Empfindungen (Analyse des sensations), 1900, p. 3. La première fois il ne fut pas peu effrayé en reconnaissant dans la figure qu'il venait d'apercevoir son propre visage ; une autre fois, il porta un jugement très défavorable sur le soi-disant étranger qui montait dans son omnibus. « Quel est le misérable instituteur qui monte là! » Je puis raconter une aventure analogue arrivée à moi-même. J'étais assis seul dans un compartiment de wagons-lits lorsque, à la suite d'un violent cahot de la marche, la porte qui menait au cabinet de toilette

voisin s'ouvrit et un homme d'un certain âge, en robe de chambre et casquette de voyage, entra chez moi. Je supposai qu'il s'était trompé de direction en sortant des cabinets qui se trouvaient entre les deux compartiments et qu'il était entré dans le mien par erreur. Je me précipitai pour le renseigner, mais je m'aperçus, tout interdit, que l'intrus n'était autre que ma propre image reflétée dans la glace de la porte de communication. Et je me rappelle encore que cette apparition m'avait profondément déplu. Au lieu de nous effrayer de notre double, nous ne l'avions tout simplement, - Mach et moi, - tous les deux, pas reconnu. Qui sait si le déplaisir éprouvé n'était tout de même pas un reste de cette réaction archaïque que ressent le double comme étant étrangement inquiétant ?

L' « Unheimliche », l'inquiétante étrangeté, est l'un de ces domaines. Sans aucun doute, ce concept est apparenté à ceux d'effroi, de peur, d'angoisse, et il est certain que le terme n'est pas toujours employé dans un sens strictement déterminé, si bien que le plus souvent il coïncide avec « ce qui provoque l'angoisse ».

Cependant, on est en droit de s'attendre, pour justifier l'emploi d'un mot spécial exprimant un certain concept, à ce qu'il présente un fond de sens à lui propre. On voudrait savoir quel est ce fond, ce sens essentiel qui fait que, dans l'angoissant lui-môme, l'on discerne de quelque chose qui est l'inquiétante étrangeté.

Or, dans les ouvrages d'esthétique détaillés, on ne trouve presque rien là-dessus, ceux-ci s'occupant plus volontiers des sentiments positifs, beaux, sublimes, attrayants, de leurs conditions et des objets qui les éveillent que des sentiments con-traires, repoussants ou pénibles. Du côté de la littérature médico-psychologique je ne connais qu'un seul traité, celui de E. Jentsch 3 plein d'intérêt, mais qui n'épuise pas le sujet. Je dois convenir, toutefois, que, pour des raisons faciles à comprendre et tenant à l'époque où il a paru, la littérature, dans ce petit article, et en particulier la littérature étrangère, n'a pas été consultée à fond, ce qui lui enlève auprès du lecteur tout droit à la priorité.

Jentsch a parfaitement raison de souligner qu'une difficulté dans l'étude de l'inquiétante étrangeté provient de ce que la sensibilité à cette qualité du sentiment se rencontre à des degrés extrêmement divers chez les divers individus. Oui, l'auteur lui-même de l'essai qu'on lit doit s'accuser d'être particulièrement peu sensible en cette matière, là où une grande sensibilité serait plutôt de mise. Voici longtemps qu'il n'a rien éprouvé ni rencontré qui ait su lui donner l'impression de l'inquiétante étrangeté ; il doit donc ici d'abord évoquer en pensée ce sentiment, en éveiller en lui comme l'éventualité.

Toutefois, des difficultés de cet ordre se rencontrent dans bien d'autres domaines de l'esthétique ; il ne faut pas pour cela renoncer à l'espoir de trouver les cas où la plupart des hommes pourront admettre sans conteste le caractère en ques-tion.

On peut choisir entre deux voies : ou bien rechercher quel sens l'évolution du langage a déposé dans le mot « unheimlich », ou bien rapprocher tout ce qui, dans les personnes, les choses, les impressions sensorielles, les événements ou les situations, éveille en nous le sentiment de l'inquiétante étrangeté et en déduire le caractère caché commun à tous ces cas. Avouons tout de suite que chacune des deux voies aboutit au même résultat ; l'inquiétante étrangeté sera cette sorte de l'effrayant qui se rattache aux choses connues depuis longtemps, et de tout temps familières. On verra par la suite comment cela est possible et à quelles conditions les choses familières peuvent deve-nir étrangement inquiétantes, effrayantes. Je ferai encore observer que notre enquête a été, en réalité, menée sur une série de cas particuliers ; ce n'est qu'après coup qu'elle s'est vue confirmée par l'usage linguistique. Mais dans mon exposé je compte cependant suivre le chemin inverse.

Le mot allemand « unheimlich » est manifestement l'opposé de « heimlich, heimisch, vertraut » (ternies signifiant intime, « de la maison », familier), et on pour-rait en conclure que quelque chose est effrayant justement parce que pas connu, pas familier.

Mais, bien entendu, n'est pas effrayant tout ce qui est nouveau, tout ce qui n'est pas familier ; le rapport ne saurait être inversé. Tout ce que l'on peut dire, c'est que ce qui est nouveau devient facilement effrayant et étrangement inquiétant ; telle chose nouvelle est effrayante, toutes ne le sont certes pas. Il faut, à la chose nouvelle et non familière, quelque chose en plus pour lui donner le caractère de l'inquiétante étrangeté.

Jentsch n'a pas été plus loin que cette relation de l'inquiétante étrangeté avec ce qui est nouveau, non familier. Il trouve la condition essentielle à la genèse du sentiment de l'inquiétante étrangeté dans l'incertitude intellectuelle. Ce sentiment découlerait toujours essentiellement, d'après lui, de quelque impression pour ainsi dire déconcertante. Plus un homme connaît bien son ambiance, moins il recevra des choses et des événements qu'il y rencontre l'impression de l'inquiétante étrangeté.

Il nous est facile de constater que ce trait ne suffit pas à caractériser l'inquiétante étrangeté; aussi essaierons-nous de pousser notre investigation par-delà l'équation : étrangement inquiétant = non familier. Voyons d'abord ce qu'il en est dans d'autres langues. Mais les dictionnaires que nous consultons ne nous disent rien de neuf, peut-être simplement parce que nous-mêmes parlons une langue étrangère. Oui, nous acquérons même l'impression que, dans beaucoup de langues, un mot désignant cette nuance particulière de l'effrayant fait défaut 4.

Latin (d'après le petit dictionnaire allemandlatin K. E. Georges, 1898) : un endroit « unheimlich », locus suspectus ; à une heure nocturne « unheimlich », intempesta nocte.

Grec (dictionnaire de Rost et von Schenkl) [mot grec dans le texte] c'est-à-dire étranger, étrange.

Anglais (tiré des dictionnaires de Lucas, Bellow, Flügel, Muret-Sanders) : uncomfortable, uneasy, gloomy, dismal, uncanny, ghastly. S'il s'agit d'une maison : haunted s'il s'agit d'un homme, a repulsive fellow.

Français (Sachs-Villatte) : Inquiétant, sinistre, lugubre, mal à son aise.

Espagnol (Tollhausen, 1889) : sospechoso, de mal aguëro, lugubre, siniestro.

L'italien et le portugais semblent se contenter de mots que nous qualifierons de périphrases. En arabe et en hébreu, « unheimlich » se confond avec démoniaque, épouvantable.

Revenons-en par conséquent à la langue allemande.

Dans le dictionnaire de la langue allemande de Daniel Sanders (1860), on trouve au mot « heimlich » les données suivantes que je vais reproduire ln extenso, faisant ressortir, en le soulignant, tel ou tel passage (vol. 1, p. 729) :

« Heimlich », a. (-keit, f.-en) 1. aussi « Heimelich », « heimelig », faisant partie de la maison, pas étranger, familier, apprivoisé, intime, confidentiel, ce qui rappelle le foyer, etc. ; a) (vieilli) appartenant à la maison, à la famille, ou bien : considéré comme y appartenant, comparez lat. familiaris, intime : « Die Heimlichen », les intimes ; « Die Hausgenossen », les hôtes de la maison ; « Der heimliche Rat », le conseiller intime ; 1. Gen., 41, 45 ; 2. Samuel, 23, 23 ; 1. Chr., 12, 25 ; Sagesse, 8, 4, terme remplacé maintenant par « Geheimer (voir d 1) Rat », voir « Heimlicher ».

b) Se dit des animaux apprivoisés, s'attachant familièrement à l'homme. Contraire de sauvage, par exemple : animaux qui ne sont ni sauvages ni « heimlich », c'est-à-dire, ni apprivoisés (Eppendorf, 88). - Animaux sauvages... tels qu'on les élèves pour qu'ils deviennent familiers, « heimlich » et habitués aux gens (92). - Comme ces petites bêtes élevées dès leur jeunesse parmi les hommes deviennent tout à fait « heimlich » (apprivoisées) et affectueuses, etc. (Stumpf, 608 a), etc. - Et encore : il (l'agneau) est si « heimlich » (confiant) et me mange dans la main (Hölty). Toujours est-il que la cigogne reste un bel oiseau « heimlich » (familier) (voir c) (Linck. Schl., 146), voir «_Häuslich_», 1, etc.

c) Rappelant l'intimité, la familiarité du foyer; éveillant un sentiment de bien-être paisible et satisfait, etc., de repos confortable et de sûre protection comme celle qu'offre la maison confortable et enclose (comparez Geheuer) : Te sens-tu encore « heimatlos » (à ton aise) dans tes bois où les étrangers défrichent ? (Alexis H., I., I, 289.)

- Elle ne se sentait pas trop bien «_eimlich_» (confortable) auprès de lui (Brentano Wehm, 92) ; le long d'un haut sentier ombragé « heimlich » (intime)... suivant le ruisseau de la forêt, qui frissonne, murmure, clapote (Forster B. I., 417). - Détruire de la Patrie « die Heimlichkeit », le caractère intime (Gervinus Lit, 5, 375). - Je ne trouverais pas facilement un petit coin aussi « heimlich » (intime) et familier (G., 14, 14). Nous nous trouvions être si à l'aise, si gentiment, si confortablement et « heimatlos » (bien chez soi) [15,9]. - Dans une tranquille « Heimlichkeit » (intimité) entourés d'étroites bornes (Haller). -D'une soigneuse ménagère qui sait créer avec les moindres choses une délicieuse « Heimlichkeit » (intérieur), agréable (Hartmann Unst., I, 188). - D'autant plus « heimlich » (à leur aise) au milieu de leurs sujets catholiques (Kohl Jrl..., I, 172). - Quand il fait « heimlich » (intime) et tranquille, seul le calme silencieux nocturne guette auprès de ta cellule (Tiedge, 2, 39). - Silencieux, et aimable et « heimlich » (intime), tel que pour se reposer ils souhaiteraient un endroit (W., II, 144). - Il ne se sentait là pas du tout « heimlich » (à son aise) [27, 170], etc. - Ou encore : l'endroit était si calme, si solitaire, si « heimlich » (secret] et ombreux (Scherr, Pilg., I, 170). - Les vagues des flots avançant et se retirant, rêveuses et d'un bercement « heimlich » (intime) (Korner, Schw., 3, 320), etc. - Comparez notamment « unheimlich. ». - En particulier chez les auteurs souabes ou suisse souvent en trois syllabes - Combien « heimelich » (confortable) se sentait à nouveau Ivo le soir, lorsqu'il couchait à la maison (Auerbach, D. I, 249). - Dans cette maison je me suis senti si « heimelig » (4, 307).

La chambre chaude l'après-midi « heimelig » (confortable) [Gotthelf, Sch., 127, 148]. - C'est là ce qui est le véritable « heimelig », quand l'homme sent du fond du cœur combien il est peu de chose, combien grand est le Seigneur (147). - Peu à peu on se trouva très à l'aise et « Heimelig » tous ensemble (U., I, 297). - La douce « Heimeligkeit » (intimité) [380, 2, 86]. - Je crois que nulle part je ne me sentirai plus « heimelich » qu'ici (327 ; Pestalozzi, 4, 240). -Qui vient de loin... ne saurait certainement pas vivre tout à fait « heimelig » (en compatriote, en amical voisinage) avec les gens (325). - La chaumière où autrefois il était souvent assis dans le cercle des siens si « heimelig » (confortablement), si joyeux (Reithard, 20). - Le cor du veilleur sonne là si « heimelig » (chaudement) de la tour - sa voix si hospitalière nous invite (49). - On s'endort là si doucement et chaudement, si merveilleusement « heimlig » (intime) [23], etc.

Celle forme aurait mérité de se généraliser pour préserver, à cause de la confu-sion si facile avec 2, le mot adéquat de tomber en désuétude. Comparez - « Les Zeck sont tous « heimlich » [2]. Heimlich ? Que voulez-vous dire par heimlich ? - « Eh bien..., ils me font l'effet d'un puits comblé ou d'un étang desséché ; on ne peut pas passer dessus sans avoir l'impression que l'eau pourra y réapparaître un jour.

Nous appelons cela un-heimlich.

Vous l'appelez heimlich... En quoi trouvez-vous donc que cette famille ait quelque chose de dissimulé, de peu sûr ? etc. (Gutzkow, 2, 61) 5.

d) (voyez c) Spécialement silésien : joyeux, gai, se dit aussi du temps, voyez « Adelung » et « Weinhold ».

2. Secret tenu caché, de manière à ne rien en laisser percer, à vouloir le dissimuler aux autres, comparez « Geheim », qui, dans le nouveau haut-allemand et surtout dans la langue plus ancienne, par ex. dans la Bible, Job 11, 6 ; 15, 8 ; Sagesse 2, 22 ; 1. Cor. 2, 7, etc. et de même aussi « Heimlichkeit » au lieu de « Geheimnis », Math., 13, 35, etc., n'est pas toujours pris dans un sens absolument distinct. paire quelque chose en secret (heimlich) derrière le dos de quelqu'un. -S'éloigner « heimlich », furtivement ; rendez-vous « heimlich » (clandestin), convention « heimlich » (secrète). - Regardez « heimlich », avec une joie maligne (et dissimulée). - Soupirer, pleurer « heimlich » (en secret). - Se comporter « heimlich » (de manière mystérieuse, comme si l'on avait quelque chose à cacher. - « Heimiche Liebe, Liebschaften, Sünde » (amour, amourette, péché secret). - « Hein-Aiche » (intimes), organes que la bienséance enjoint de dissimuler, 1. Sam. 5, 6. -L'endroit « heimlich » (secret) [les cabinets]. - 2. Rois 10, 27 ; W., 5, 256, etc. - Aussi : Siège « heimlich » (chaise per-cée). [Zinkgräf, 1, 249].

- Précipiter quelqu'un au fossé, dans les « Heimlichkeiten » (oubliettes) [3, 75 ; Rollenhagen Fr., 83, etc.]. - Il amena « heimlich » (en secret) les juments devant Laomédon (B. 161 b), etc. - Aussi dissimulé « heimlich » (sournois), perfide et méchant envers des maîtres cruels... que franc, ouvert, sympathique et serviable pour l'ami souffrant (Burmeister, g B 2, 157). - Il faut que tu saches encore ce. que j'ai de plus « heimlich » (intime), sacro-saint (Chamisso, 4, 56). - L'art « heimlich » occulte ; de la Magie) [3, 224]. - Où la discussion publique est obligée de cesser, là commence l'intrigue « heimlich » (ténébreuse) [Forster, Br. 2, 135]. - Liberté est le mot d'ordre silencieux des conspirateurs « heimlich » (secrets), le bruyant cri de guerre des révolutionnaires déclarés (G. 4, 222). - Une sainte influence « heimlich » (sourde). - J'ai des racines qui sont fort « heimlich » (cachées), dans le sol profond je prends pied (2, 109). - Ma malice « heimlich » (sournoise) (comparez Heimstücke) [30, 344]. - S'il ne l'accepte pas ouvertement et consciencieusement, il pourrait s'en emparer « heimlich » (en cachette) et sans scrupules 39,

22). - Il fit « heimlich » (en cachette), et secrètement agencer des lunettes d'approche achromatiques (375). - Désormais, je veux qu'il n'y ait plus rien de « heimlich » (secret) entre nous (Sch., 369 b). - Découvrir, publier, trahir les « Heimlichkeiten » (secrets) de quelqu'un ; tramer derrière mon dos des « Heimlichkeiten » (secrètes menées) [Alexis, H., 2, 3, 168]. - De mon temps, on s'appliquait à montrer de la « Heimlichheit » (discrétion) [Hagedorn, 3, 92]. - La « Heimlichkeit » (cachotterie) et chuchotements dont on s'occupe en sous-main (Immermann, M. 3, 289).

- Seule l'action de l'intelligence peut rompre le charme puissant de la « Heimlichkeit » (de l'or caché). [Novalis, 1, 69]. - Dis, où la caches-tu... dans quel endroit de silencieuse « Heimlichkeit » (retraite cachée) [Schr., 495 b]. - O vous, abeilles, qui pétrissez le sceau des « Heimlichkeiten » (des secrets, cire à cacheter) [Tieck, Cymb., 3, 2]. - Être expert en (procédés occultes) rares « Heimlichkeiten » (arts magiques). [Schlegel Sh., 6, 102, etc. ; comparez « Geheimnis » L. 10 : p. 291 sq.].

En liaison, voir le, comme aussi en particulier la contrepartie « Unheimlich », faisant naître une terreur pénible, angoissante : Qui presque lui parut « unheimlich », plein d'une inquiétante étrangeté, spectal (Chamisso, 3, 238). - De la nuit les heures « unheimlich » (étrangement inquiétantes) et anxieuses (4, 148). - Depuis longtemps j'étais dans un état d'âme « unheimlich » (étrangement inquiet), voire sinistre (242). - Voici maintenant que je commence à me sentir « unheimlich » (étrangement mal à l'aise). (Gutzkow. 2, 82.) - Éprouve un effroi « unheimlich » (étrangement inquiétant) [Verni., 1, 51]. - « Unheimlich » (étrangement inquiétant) et figé comme une statue de pierre. [Reis, 1, 10]. - Le brouillard « unheimlich » (étrangement inquiétant), appelé « Haarrauch » (Immermann M., 3, 299). - Ces pâles jeunes jens 6 sont « unheimlich » (d'une inquiétante étrangeté) et méditent, Dieu sait quoi de mal (Laube, vol. I, 119). - On appelle « unheimlich » tout ce qui devrait rester secret, caché, et qui se manifeste (Schelling, 2, 2, 649, etc.).

- Voiler le Divin, l'envelopper d'une certaine « Unheimlichkeit » (inquiétante étrangeté) [658], etc. - N'est pas usité comme contraire de (2), ainsi que Campe le dit sans preuve à l'appui.

Ce qui ressort pour nous de plus intéressant de cette longue citation, c'est que le mot « heimatlos », parmi les nombreuses nuances de son sens, en possède une qui coïncide avec son contraire « unheimlich ». Ce qui était sympathique se transforme en inquiétant, troublant ; comparez l'exemple de Gutzkow : « Nous appelons cela " unheimlich ", vous l'appelez " heimatlos ". » Nous voilà avertis, en somme, que le mot « heimlich » n'a pas un seul et même sens, mais qu'il appartient à deux groupes de représentations qui, sans être opposés, sont cependant très éloignés l'un de l'autre : celui de ce qui est familier, confortable, et celui de Ce qui est caché, dissimulé. « Unheimlich » ne serait usité que dans le sens du contraire de la première signification du mot et non de la deuxième. Sanders ne nous apprend pas si l'on peut tout de même admettre un rapport génétique entre ces deux sens. Par contre, notre attention est sollicitée par une observation de Schelling qui énonce quelque chose de tout nouveau sur le contenu du concept « Unheimlich ». Nous ne nous attendions certes pas à cela. « Unheimlich » serait tout ce qui aurait dû rester caché, secret, mais se manifeste.

Une part des incertitudes ainsi créées se trouve levée par ce que nous apprennent Jacob et Wilhelm Grimm (Deutsches Wörterbuch ; Leipzig, 1877, IV/2, p. 874 sq.) :

a) « Heimlich, adj. et adv. vernaculus, occultus ; moyen-haut-allemand : « heimelich » « heimatlos ».

Page 874 : dans un sens un peu différent : je me sens « heimlich », bien, à mon aise, sans crainte...

b) « Heimlich » désigne aussi un endroit sans fantômes...

Page 875 familier, aimable, intime.

4. du sentiment du pays natal, du foyer émane la, notion de ce qui est soustrait aux regards étrangers, caché, secret, ceci dans des rapports divers.

Page 876 : « à sa gauche, au bord du lac, s'étend nue prairie « heimlich » (cachée) dans les bois ».

(Schiller, Tell, 1, 4.)

... Familier et peu usité dans la langue moderne... « heimlich » s'adjoint à un verbe exprimant l'acte de cacher : il me gardera secrètement (heimlich) caché dans sa tente. (Ps., 27, 5.)

... « heimliche Orte », parties secrètes du corps humain, pudenda... les hommes qui ne mouraient point étaient frappés dans leurs organes secrets. (I Samuel, 5, 12 ...).

c) Des fonctionnaires qui ont à donner dans les affaires de gouvernement des conseils importants et « geheim » (secrets) s'appellent « heimliche Räthe », conseil-lers secrets ; l'adjectif « heimliche » est remplacé dans le langage courant par « Geheim » (voyez d) :

... Pharaon le (Joseph) nomme conseiller secret (I Genèse, 41, 45).

Page 878 : 6. « heimlich », par rapport à la connaissance, mystique, allégorique : « heimliche », signification secrète mysticus, divinus, occultus, figuratus.

Page 878 : « heimlich » est de sens différent dans l'acception suivante : soustrait à l'intelligence, inconscient...

Mais alors « heimlich » signifie aussi fermé, impénétrable par rapport à l'investigation... :

« Vois-tu bien ? ils n'ont pas confiance en mot, ils ont peur du visage «heimlich » (fermé) du Due de Friedland.»

(Camp de Wallenstein, acte II.)

9. Le sens du caché, du dangereux, qui ressort du numéro précédent, se précise encore plus, si bien que « heimlich » prend le sens qu'a d'habitude « unheimlich » (formé d'après « heimlich », 3 b, sp. 874) : « Je me sens parfois comme un homme qui marche dans la nuit et croit aux revenants ; pour lui, chaque recoin est « heimlich » (étrangement inquiétant) et lugubre. » (Klinger, Théâtre, 111, 298.)

Ainsi « heimlich » est un mot dont le sens se développe vers une ambivalence, jusqu'à ce qu'enfin il se rencontre avec son contraire « unheimlich ». « Unheimlich » est, d'une manière quelconque, un genre de « heimlich ». Rapprochons ce résultat encore insuffisamment éclairci de la définition donnée par Schelling de ce qui est « unheimlich ». L'examen successif des divers cas de l'« Unheimliche » va nous rendre compréhensibles les indications ci-dessus.

II

Si maintenant nous voulons passer en revue les personnes, choses, impressions, événements et situations susceptibles d'éveiller en nous avec une force et une netteté particulières le sentiment de l'inquiétante étrangeté, le choix d'un heureux exemple est évidemment ce qui s'impose d'abord. E. Jentsch a mis en avant, comme étant un cas d'inquiétante étrangeté par excellence « celui où l'on doute qu'un être en apparence animé ne soit vivant, et, inversement, qu'un objet sans vie ne soit en quelque sorte animé », et il en appelle à l'impression que produisent les figures de cire, les poupées savantes et les automates. Il compare cette impression à celle que produisent la crise épileptique et les manifestations de la folie, ces derniers actes faisant sur le spectateur l'impression de processus automatiques, mécaniques, qui pourraient bien se dissimuler sous le tableau habituel de la vie. Sans être tout à fait convaincus de la justesse de cette opinion de Jentsch, nous la prendrons pour point de départ de nos propres recherches, car elle nous fait penser à un écrivain qui, mieux qu'aucun autre, s'entend à faire naître en nous le sentiment de l'inquiétante étrangeté.

« L'un des procédés les plus sûrs pour évoquer facilement l'inquiétante étrangeté est de laisser le lecteur douter de ce qu'une certaine personne qu'on lui présente soit un être vivant ou bien un automate. Ceci doit être fait de manière à ce que cette incertitude ne devienne pas le point central de l'attention, car il ne faut Pas que le lecteur soit amené à examiner et vérifier tout de suite la chose, ce qui, avons-nous dit, dissiperait aisément son état émotif spécial.

E. T. A. Hoffmann, à diverses reprises, s'est servi avec succès de cette manœuvre psychologique dans ses Contes fantas-tiques. »

Cette observation, certainement juste, vise avant tout le conte Der Sandmann (L'homme au sable), dans les Nachtstücke (Contes nocturnes) 7, d'où est tiré le per-sonnage de la poupée Olympia du premier acte de l'opéra d'Offenbach Les Contes d'Hoffmann. Je dois cependant dire -et j'espère avoir l'assentiment de la plupart des lecteurs du conte - que le thème de la poupée Olympia, en apparence animée, ne peut nullement être considéré comme seul responsable de l'impression incomparable d'inquiétante étrangeté que produit ce conte ; non, ce n'est même pas celui auquel on peut en première ligne attribuer cet effet. La légère tournure satirique que le poète donne à l'épisode d'Olympia, et qu'il fait servir à railler l'amoureuse présomption du jeune homme, ne favorise guère non plus cette impression. Ce qui est au centre du conte est bien plutôt un autre thème, le même qui a donné au conte son titre, thème qui est toujours repris aux endroits décisifs : c'est celui de l'homme au sable qui arrache les yeux aux enfants.

L'étudiant Nathanaël, dont les souvenirs d'enfance forment le début du conte fantastique, ne peut pas, malgré son bonheur présent, bannir les souvenirs qui se rattachent pour lui à la mort mystérieuse et terrifiante de son père bien-aimé. Certains soirs, sa mère avait l'habitude d'envoyer les enfants au lit de bonne heure en leur disant : l'homme au sable va venir et, réellement, l'enfant, chaque fois, entendait le pas lourd d'un visiteur qui accaparait son père toute cette soirée-là.

La mère, interrogée sur cet homme au sable, démentit que celui-ci existât autrement qu'en une locution courante, mais une bonne d'enfant sut donner des renseignements plus précis : « C'est un méchant homme qui vient chez les enfants qui ne veulent pas aller au lit, jette des poignées de sable dans leurs yeux, ce qui fait sauter ceux-ci tout sanglants hors de la tête. Alors il jette ces yeux dans un sac et les porte dans la lune en pâture à ses petits qui sont dans le nid avec des becs crochus comme ceux des hiboux, lesquels leurs servent à piquer les yeux des enfants des hommes qui n'ont pas été sages. »

Quoique le petit Nathanaël fût alors assez âgé et intelligent pour ne pas croire à des choses si épouvantables touchant l'homme au sable, néanmoins la terreur que lui inspirait celui-ci se fixa en lui. Il décida de découvrir de quoi avait l'air l'homme au sable, et, un soir où l'on attendait celui-ci, il se cacha dans le cabinet de travail de son père. Il reconnut alors dans le visiteur l'avocat Coppélius, personnage repoussant dont, d'habitude, les enfants prenaient peur lorsque, par hasard, il venait déjeuner chez eux, et il identifia ce Coppélius à l'homme au sable redouté. En ce qui concerne la suite de cette scène, le poète laisse déjà dans le doute si nous avons affaire à un premier accès de délire de l'enfant en proie à l'angoisse, ou bien à un récit fidèle qu'il convient d'envisager comme réel dans l'ambiance où évolue ce conte. Le père et son hôte se mettent à l'œuvre auprès d'un fourneau au brasier enflammé. Le petit aux aguets entend Coppélius s'écrier : « Des yeux, ici, des yeux ! » et se trahit par ses cris.

Coppélius le saisit et veut verser des grains ardents dans ses yeux, qu'il jettera ensuite sur le foyer. Le père le supplie d'épargner les yeux de son enfant Un profond évanouissement et une longue maladie sont la suite de cet événement. Quiconque se prononce pour l'explication rationnelle de l'homme au sable ne pourra méconnaître, dans cette vision fantastique de l'enfant, l'influence persistante du récit de la bonne. Au lieu de grains de sable, ce sont de brûlants grains enflammés qui, dans les deux cas, doivent être jetés dans les yeux pour les faire sauter de leur orbite. Au cours d'une visite ultérieure de l'homme au sable, un an plus tard, le père est tué dans son cabinet de travail par une explosion, et l'avocat Coppélius disparaît de la région sans laisser de traces.

Cette figure terrifiante du temps de son enfance, l'étudiant Nathanaël croit la reconnaître dans un opticien ambulant italien, Giuseppe Coppola, qui, dans la ville universitaire où il se trouve, vient lui offrir des baromètres et qui, sur son refus, ajoute : « Hé, point de baromètres, point de baromètres ! J'ai aussi de beaux yeux, de beaux yeux. » L'épouvante de l'étudiant se calme en voyant que les yeux ainsi offerts sont d'inoffensives lunettes ; il achète une lorgnette à Coppola et, au moyen de celle-ci, épie la demeure voisine du professeur Spalanzani où il aperçoit la fille de celui-ci, la belle, mais mystérieusement silencieuse et immobile Olympia. Il en devient bientôt si éperdument amoureux qu'il en oublie sa sage et modeste fiancée. Mais Olympia est un automate dont Spalanzani a fabriqué les rouages et auquel Coppola - l'homme au sable - a posé les yeux.

L'étudiant survient au moment où les deux maîtres ont une querelle au sujet de leur œuvre ; l'opticien a emporté la poupée de bois sans yeux et le mécanicien Spalanzani rainasse par terre les yeux sanglants d'Olympia et les jette à la tête de Nathanaël en s'écriant que c'est à lui que Coppola les a volés. Celui-ci est saisi d'une nouvelle crise de folie et, dans son délire, la réminiscence de la mort de son père s'allie à cette nouvelle impression. Il crie : « Hou-hou-hou ! cercle de feu ! cercle de feu! tourne, cercle de feu, - gai, gai ! Petite poupée de bois, hou ! belle petite poupée de bois, danse ! » Là-dessus il se précipite sur le professeur supposé d'Olympia et cherche à l'étrangler.

Revenu à lui après une longue et grave maladie, Nathanaël semble enfin guéri. Il songe à épouser sa fiancée, qu'il a retrouvée. Ils traversent un jour ensemble la ville sur le marché de laquelle la tour de l'Hôtel de Ville projette son ombre géante. La jeune fille propose à son fiancé de monter à la tour tandis que le frère de la jeune fille, qui accompagne le couple, restera en bas. De là-haut, une apparition singulière qui s'avance dans la rue fixe l'attention de Clara. Nathanaël examine l'apparition à travers la lorgnette de Coppola qu'il trouve dans sa poche, il est alors repris de folie et cherche à précipiter la jeune fille dans l'abîme en criant : « Danse, danse, poupée de bois ! » Le frère, attiré par les cris de sa sœur, la sauve et la redescend en bas. Là-haut, l'insensé court en tous sens, criant : « Tourne, cercle de feu ! » cri dont nous com-prenons certes la provenance. Parmi les gens rassemblés en bas surgit soudain l'avocat Coppélius qui vient de réapparaître.

Nous devons supposer que c'est son apparition qui a fait éclater la folie chez Nathanaël. On veut monter pour s'emparer du forcené, mais Coppélius 8 ricane : « Attendez donc, il va bien descendre tout seul ! » Nathanaël s'arrête soudain, aperçoit Coppélius et se précipite par-dessus la balustrade avec un cri perçant : « Oui, de beaux yeux, de beaux yeux ! » Le voilà étendu, la tête fracassée, sur le pavé de la vue : l'homme au sable a disparu dans le tumulte.

Cette histoire rapidement contée ne laisse subsister aucun doute : le sentiment de l'inquiétante étrangeté est inhérent à la personne de l'homme au sable, par conséquent à l'idée d'être privé des yeux, et une incertitude intellectuelle dans le sens où l'entend Jentsch n'a rien à voir ici.

Le doute relatif au fait qu'une chose soit animée ou non, qui était de mise dans le cas de la poupée Olympia, n'entre pas en ligne de compte dans cet exemple plus significatif d'inquiétante étrangeté. Le conteur, il est vrai, fait naître en nous, au début, une sorte d'incertitude en ce sens que, non sans intention, il ne nous laisse pas deviner s'il compte nous introduire dans la vie réelle, ou bien dans un monde fantastique de son intention. Un auteur a certes le droit de faire ou l'un ou l'autre, et s'il a choisi, par exemple, pour scène un monde où évoluent des esprits, des démons et des spectres, tel Shakespeare dans Hamlet, Macbeth et, en un autre sens, dans la Tempête ou le Songe d'une nuit d'été, nous devons l'y suivre et tenir pour réel, pendant tout le temps que nous nous abandonnons à lui, ce monde de son imagination.

Mais, au cours du récit d'Hoffmann, ce doute disparaît, nous nous apercevons que le conteur veut nous faire nous-même regarder à travers les lunettes ou la satanique lorgnette de l'opticien, ou peut-être que lui-même, en personne, a regardé à travers l'un de ces instruments. La conclusion du conte montre bien que l'opticien

Coppola est réellement l'avocat Coppélius et par conséquent aussi l'homme au sable.

Il n'est plus question ici d'incertitude intellectuelle : nous savons maintenant qu'on n'a pas mis en scène ici les imaginations fantaisistes d'un dément, derrière lesquelles, nous, dans notre supériorité intellectuelle, nous pouvons reconnaître le sain état des choses, et l'impression d'inquiétante étrangeté n'en est pas le moins du monde diminuée. « Une incertitude intellectuelle » ne nous aidera en rien à comprendre cette impression-là.

Par contre, l'observation psychanalytique nous J'apprend : se blesser les yeux ou perdre la vue est une terrible peur infantile. Cette peur a persisté chez beaucoup d'adultes qui ne craignent aucune autre lésion organique autant que celle de l'œil. N'a-t-on pas aussi coutume de dire qu'on couve une chose comme la prunelle de ses yeux ? L'étude des rêves, des fantasmes et des mythes nous a encore appris que la crainte pour les yeux, la peur de devenir aveugle, est un substitut fréquent de la peur de la castration. Le châtiment que s'inflige Oedipe, le criminel mythique, quand il s'aveugle lui-même, n'est qu'une atténuation de la castration laquelle, d'après la loi du talion, seule serait à la mesure de son crime.

On peut tenter, du point de vue rationnel, de nier que la crainte pour les yeux se ramène à la peur de la castration ; on trouvera compréhensible qu'un organe aussi précieux que l'œil soit gardé par une crainte anxieuse de valeur égale, oui, on peut même affirmer, en outre, que ne se cache aucun secret plus profond, aucune autre signification derrière la peur de la castration elle-même. Mais on ne rend ainsi pas compte du rapport substitutif qui se manifeste dans les rêves, les fantasmes et les mythes, entre les yeux et le membre viril, et on ne peut s'empêcher de voir qu'un sentiment particulièrement fort et obscur s'élève justement contre la menace de perdre le membre sexuel et que c'est ce sentiment qui continue à résonner dans la représen-tation que nous nous faisons ensuite de la perte d'autres organes. Toute hésitation disparaît lorsque, de par l'analyse des névropathes, on a appris à connaître les particularités du « complexe de castration » et le rôle immense que celui-ci joue dans leur vie psychique.

Aussi ne conseillerais-je à aucun adversaire de la méthode psychanalytique de s'appuyer justement sur le conte d'Hoffmann, l'Homme au sable, pour affirmer que la crainte pour les yeux soit indépendante du complexe de castration. Car pourquoi la crainte pour les yeux est-elle mise ici en rapport intime avec la mort du père ? Pourquoi l'homme au sable revient-il chaque fois comme trouble-fête de l'amour ? Il sépare le malheureux étudiant de sa fiancée et du frère de celle-ci, qui est son meilleur ami ; il détruit l'objet de son second amour, la belle poupée Olympia, et le force lui-même au suicide juste avant son heureuse union avec Clara qu'il vient de reconquérir.

Ces traits du conte, de même que plusieurs autres, semblent arbitraires et sans importance à qui refuse d'admettre la relation qui existe entre la crainte pour les yeux et la castration, mais deviennent pleins de sens dès qu'on met à la place de l'homme au sable le père redouté, de la part de qui l'on craint la castration 9.

Nous oserons maintenant rapporter à l'infantile complexe de castration l'effet étrangement inquiétant que produit l'homme au sable. Cependant l'idée qu'un tel facteur infantile ait pu engendrer ce sentiment nous incitera à rechercher une dérivation semblable à d'autres exemples de l'inquiétante étrangeté. Dans L'Homme au sable se rencontre encore le thème de la poupée animée que Jentsch a relevé. D'après cet auteur, c'est une circonstance particulièrement favorable à la création de senti-ments d'inquiétante étrangeté qu'une incertitude intellectuelle relative au fait qu'une chose soit animée ou non, ou bien lorsqu'un objet privé de vie prend l'apparence trop marquée de la vie. Bien entendu, avec les poupées, nous voilà assez près de l'infantile. Nous nous rappellerons qu'en général l'enfant, au premier âge des jeux, ne trace pas une ligne bien nette entre une chose vivante ou un objet inanimé et qu'il traite volontiers sa poupée comme un être vivant. Il arrive qu'on entende une patiente raconter qu'âgée de huit ans déjà, elle était convaincue encore qu'en regardant ses poupées d'une manière particulièrement pénétrante celles-ci allaient devenir vivantes. Ainsi, le facteur infantile est ici encore facile à déceler, mais, chose étrange, si, dans le cas de l'homme au sable, il s'agissait du réveil d'une ancienne peur infantile avec la poupée vivante, il n'est plus ici question de peur, l'enfant n'avait pas peur à l'idée de voir vivre sa poupée, peut-être même le désirait-elle.

La source du sentiment de l'inquiétante étrangeté ne proviendrait pas ici d'une peur infantile, mais d'un désir infantile, ou, plus simplement encore, d'une croyance infantile. Voilà qui semble contradictoire ; il est possible cependant que cette diversité apparente favorise plus tard notre compréhension.

E. T. A. Hoffmann est le maître inégalé de l' « Unheimliche » ou inquiétante étrangeté en littérature. Son roman, les Elixirs du Diable, présente tout un faisceau de thèmes auxquels on pourrait attribuer l'effet étrangement inquiétant de l'histoire. L'ensemble du roman est trop touffu et enchevêtré pour qu'on puisse en tenter titi extrait. A la fin du livre, lorsque les bases sur lesquelles s'élève l'action, dissimulées jusque-là au lecteur, lui sont enfin dévoilées, le résultat n'est pas d'éclairer celui-ci, mais plutôt de le déconcerter complètement. Le conteur a accumulé trop d'effets semblables ; l'impression dans l'ensemble n'en souffre pas, mais bien la compréhension. Il faut se contenter de choisir, parmi ces thèmes qui produisent un effet d'inquiétante étrangeté, les plus saillants, afin de rechercher si, à ceux-ci également, peut se retrouver une source infantile. Nous avons alors tout ce qui touche au thème du « double » dans toutes ses nuances, tous ses développements : on y voit apparaître des personnes qui, vu la similitude de leur aspect, doivent être considérées comme identiques, ces relations se corsent par le fait que des processus psychiques se transmettent de l'une à l'autre de ces personnes, - ce que nous appellerions télépathie, - de sorte que l'une d'elles participe à ce que l'autre sait, pense et éprouve; nous y trouvons une personne identifiée avec une autre, au point qu'elle est troublée dans le sentiment de son propre mot, ou met le moi étranger à la place du sien propre.

Ainsi, redoublement du mot, scission du moi, substitution du moi, - enfin, constant retour du semblable, répétition des mêmes traits, caractères destinées, actes criminels, voire des mêmes noms dans plusieurs générations successives.

Le thème du « double » a été sous ce même titre travaillé à fond par 0. Rank 10. Les rapports qu'a le double avec l'image dans le miroir et avec l'ombre, avec les génies tutélaires, avec les doctrines relatives à l'âme et avec la crainte de la mort y sont étudiés., et du même coup, une vive lumière tombe sur la surprenante histoire de l'évolution de ce thème. Car, primitivement, le double était une assurance contre la destruction du mot, un « énergique démenti à la puissance de la mort » (O. Rank) et l'âme « immortelle » a sans doute été le premier double du corps. La création d'un pareil redoublement, afin de conjurer l'anéantissement, a son pendant dans un mode de figuration du langage onirique où la castration s'exprime volontiers par le redoublement ou la multiplication du symbole génital; elle donna chez les Égyptiens une impulsion à l'art en incitant les artistes à modeler dans une matière durable l'image du mort. Mais ces représentations ont pris naissance sur le terrain de l'égoïsme illimité, du narcissisme primaire qui domine l'âme de l'enfant comme celle du primitif, et lorsque cette phase est dépassée, le signe algébrique du double change et, d'une assurance de survie, il devient un étrangement inquiétant signe avant-coureur de la mort.

L'idée du double ne disparaît en effet pas forcément avec le narcissisme primaire, car elle peut, au cours des développements successifs du moi, acquérir des contenus nouveaux.

Dans le moi se développe peu à peu une instance particulière qui peut s'opposer au restant du mot, qui sert à s'observer et à se critiquer soi-même, qui accomplit un travail de censure psychique et se révèle à notre conscient sous le nom de « conscience morale ». Dans le cas pathologique de délire d'introspection, cette instance est isolée, détachée du moi, perceptible au médecin. Le fait qu'une pareille instance existe et puisse traiter le restant du moi comme un objet, que l'homme, par conséquent, soit capable d'auto-observation, permet à la vieille représentation du double d'acquérir un fond nouveau et on lui attribue alors bien des choses, en premier lieu tout ce qui apparaît à la critique de soi-même comme appartenant au narcissisme surmonté du temps primitif 11.

Cependant ce qui heurte la critique de notre mot n'est pas la seule chose à pouvoir être incorporée au double ; le peuvent encore toutes les éventualités non réalisées de notre destinée dont l'imagination ne veut pas démordre, toutes les aspirations du moi qui n'ont pu s'accomplir par suite des circonstances extérieures, de même que toutes ces décisions réprimées de la volonté qui ont produit l'illusion du libre arbitre 12.

Mais après avoir ainsi exposé la motivation manifeste de cette figure du « double », nous sommes forcés de nous avouer que rien de tout ce que nous avons dit ne nous explique le degré extraordinaire d'inquiétante étrangeté qui lui est propre. Notre connaissance des processus psychiques pathologiques nous permet même d'ajouter que rien de ce que nous avons trouvé ne saurait expliquer l'effort de défense qui projette le double hors du mot comme quelque chose d'étranger.

Ainsi le caractère d'inquiétante étrangeté inhérent au double ne peut provenir que de ce fait : le double est une formation appartenant aux temps psychiques primitifs, temps dépassés où il devait sans doute alors avoir un sens plus bienveillant. Le double s'est transformé en image d'épouvante à la façon dont les dieux, après la chute de la religion à laquelle ils appartenaient, sont devenus des démons. (Heine, Die Götter un Exil, Les dieux en exil.)

Il est facile de juger, d'après le modèle du thème du double, des autres troubles du moi nus en œuvre par Hoffmann. Il s'agit ici du retour à certaines phases dans l'histoire évolutive du sentiment du moi, d'une régression à l'époque où le moi n'était pas encore nettement délimité par rapport au monde extérieur et à autrui. Je crois que ces thèmes contribuent à donner l'impression de l'inquiétante étrangeté aux contes d'Hoffmann, quoiqu'il ne soit pas facile de déterminer, d'isoler quelle y est leur part.

Le facteur de la répétition du semblable ne sera peut-être pas admis par tout le monde comme produisant le sentiment en question. D'après mes observations, il en-gendre indubitablement un sentiment de ce genre, dans certaines conditions et en combinaison avec des circonstances déterminées ; il rappelle, en outre, la détresse accompagnant maints états oniriques. Un Jour où, par un brûlant après-midi d'été, je parcourais les rues vides et inconnues d'une petite ville italienne, je tombai dans un quartier sur le caractère duquel je ne pus pas rester longtemps en doute.

Aux fenêtres des petites maisons on ne voyait que des femmes fardées et je m'empressai de quitter l'étroite rue au plus proche tournant. Mais, après avoir erré quelque temps sans guide, je me retrouvai soudain dans la même rue où je commençai à faire sensation et la hâte de mon éloignement n'eut d'autre résultat que de m'y faire revenir une troisième fois par un nouveau détour. Je ressentis alors un sentiment que je ne puis qualifier que d'étrangement inquiétant, et je fus bien content lorsque, renonçant à d'autres explora-tions, je me retrouvai sur la place que je venais de quitter. D'autres situations, qui ont de commun avec la précédente le retour involontaire au même point, en différant radicalement par ailleurs, produisent cependant le même sentiment de détresse et d'étrangeté inquiétante. Par exemple, quand on se trouve surpris dans la haute futaie par le brouillard, qu'on s'est perdu, et que, malgré tous ses efforts pour retrouver un chemin marqué ou connu, on revient à plusieurs reprises à un endroit signalé par un aspect déterminé. Ou bien lorsqu'on erre ans une chambre inconnue et obscure, cherchant la porte ou le commutateur et que l'on se heurte pour la dixième fois au même meuble, - situation que Marc Twain a, par une grotesque exagération, il est vrai, transformée en situation d'un comique irrésistible.

Nous le voyons aussi sans peine dans une autre série de faits : c'est uniquement le facteur de la répétition involontaire qui nous fait paraître étrangement inquiétant ce qui par ailleurs serait innocent, et par là nous impose l'idée du néfaste, de l'inéluctable, là où nous n'aurions autrement parlé que de « hasard ».

Ainsi, par exemple, c'est un incident certes indifférent qu'on vous donne à un vestiaire un certain numéro - disons le 62 - ou que la cabine du bateau qui vous est destinée porte ce numéro. Mais cette impression se modifie si ces deux faits, indifférents en eux-mêmes, se rapprochent ait point que l'on rencontre le chiffre 62 plusieurs fois le même jour ou si l'on en vient, par aventure, à faire l'observation que tout ce qui porte un chiffre, adresses, chambre d'hôtel, wagon de chemin de fer, etc., ramène toujours le même chiffre ou du moins ses composantes. On trouve cela étrangement inquiétant et quiconque n'est pas cuirassé contre la superstition sera tenté d'attribuer un sens mystérieux à ce retour obstiné du même chiffre, d'y voir -par exemple une allusion à l'âge qu'il ne dépassera pas. Ou bien, si l'on vient de se consacrer à l'étude des œuvres du grand physiologiste H. Hering et qu'alors on reçoive à peu de jours d'intervalle, et provenant de pays différents, des lettres de deux personnes portant ce même nom, tandis que jusque-là on n'était jamais entré en relation avec des gens s'appelant ainsi. Un savant a entrepris dernièrement de ramener à de certaines lois les événements de ce genre, ce qui supprimerait nécessairement toute impression d'inquiétante étrangeté. Je ne me risquerai pas à décider s'il l'a fait avec succès [13].

Je ne puis ici qu'indiquer comment l'impression d'inquiétante étrangeté produite par la répétition de l'identique dérive de la vie psychique infantile et je suis obligé de renvoyer à un exposé plus détaillé de la question dans un contexte différent [14]. En effet, dans l'inconscient psychique règne, ainsi qu'on peut le constater, un « auto-matisme de répétition » qui émane des pulsions instinctives, automatisme dépendant sans doute de la nature la plus intime des instincts, et assez fort pour s'affirmer par-delà le principe du plaisir.

Il prête à certains côtés de la vie psychique un caractère démoniaque, se manifeste encore très nettement dans les aspirations du petit enfant et domine une partie du cours de la psychanalyse du névrosé. Nous sommes préparés par tout ce qui précède à ce que soit ressenti comme étrangement inquiétant tout ce qui peut nous rappeler cet automatisme de répétition résidant en nous-mêmes.

Mais, il est temps, je pense, d'abandonner la discussion de ces rapports toujours difficiles à saisir afin de rechercher des cas indiscutables d'inquiétante étrangeté dont l'analyse nous permette de juger en fin de compte la valeur de notre hypothèse.

Dans l'Anneau de Polycrate, l'hôte se détourne avec effroi lorsqu'il s'aperçoit que chaque désir de son ami s'accomplit aussitôt, que chacun des soucis de celui-ci se trouve instantanément effacé par le destin. Son ami lui en apparaît étrangement inquiétant. La raison qu'il se donne à lui-même de son sentiment, que celui qui est trop heureux doit craindre l'envie des dieux, nous semble encore trop peu transparente, son sens reste mythologiquement voilé. C'est pourquoi nous allons prendre un autre exemple bien plus modeste. J'ai rapporté, dans l'histoire d'un névrosé obses-sionnel 15, que ce malade avait fait dans une station thermale un séjour qui lui avait valu une très grande amélioration. Mais il fut assez sage pour ne pas attribuer ce succès à la puissance curative des eaux, mais à la situation de sa chambre qui était directement contiguë à celle d'une aimable garde-malade.

Lorsqu'il revint une deuxième fois dans cet établissement, il réclama la même chambre, et, en apprenant qu'elle était déjà occupée par un vieux monsieur, il donna libre cours à son mécontentement en s'exclamant : Que l'apoplexie le terrasse ! Quinze jours plus tard, le vieux monsieur est, en effet, frappé d'une attaque. Ce fut pour mon malade un événement étrange-ment inquiétant. L'impression en aurait été plus forte encore si un temps bien plus court s'était écoulé entre cette exclamation et l'accident, ou bien si mon malade avait pu mentionner de nombreux événements absolument semblables qui lui seraient arrivés. De fait, il n'était pas embarrassé pour apporter de semblables confirmations et, non seulement lui, mais encore tous les obsédés que J'ai étudiés avaient des histoires analogues les touchant à raconter. Ils n'étaient pas surpris de toujours rencontrer la personne à laquelle ils venaient justement de penser, parfois après un long intervalle ; régulièrement il leur arrivait de recevoir une lettre d'un ami lorsque, le soir précédent, ils avaient dit : Il y a bien longtemps qu'on ne sait plus rien d'un tel ! et surtout, des accidents ou des morts arrivaient rarement sans que l'idée leur en eût traversé l'esprit. Ils exprimaient cet état de choses de la manière la plus discrète, prétendant avoir des « pressentiments » qui « le plus souvent » se réalisaient.

Une des formes les plus répandues et les plus étrangement inquiétantes de la superstition est la peur du « mauvais oeil »; S. Seligmann, oculiste à Hambourg 16, a consacré à ce sujet une étude approfondie. La source d'où provient cette crainte ne semble pas avoir été jamais méconnue.

Quiconque possède quelque chose de précieux et de fragile à la fois craint l'envie des autres, projetant sur ceux-ci celle qu'à leur place il aurait éprouvée. C'est par le regard qu'on trahit de tels émois, même lorsqu'on s'interdit de les exprimer en paroles, et quand quelqu'un se fait remarquer par quelque manifestation frappante, surtout de caractère déplaisant, on est prêt à supposer que son envie devra atteindre une force particulière, et que cette force sera capable de se transformer en actes. On suspecte là une sourde intention de nuire et on admet, d'après certains indices, qu'elle dispose en outre d'un pouvoir nocif.

Ces derniers exemples d'inquiétante étrangeté relèvent du principe que j'ai appelé, à l'incitation d'un malade, la « toute-puissance des pensées ». Nous ne pouvons, à présent, plus méconnaître le terrain sur lequel nous nous trouvons. L'analyse de ces divers cas d'inquiétante étrangeté nous a ramenés à l'ancienne conception du monde, à l'animisme, conception caractérisée par le peuplement du monde avec des esprits humains, par la surestimation narcissique de nos propres processus psychiques, par la toute-puissance des pensées et la technique de la magie basée sur elle, par la réparti-tion de forces magiques soigneusement graduées entre des personnes étrangères et aussi des choses (Mana), de même que par toutes les créations au moyen desquelles le narcissisme illimité de cette période de l'évolution se défendait contre la protesta-tion évidente de la réalité. Il semble que nous ayons tous, au cours de notre développement individuel, traversé une phase correspondant à cet animisme des primitifs, que chez aucun de nous elle n'ait pris fin sans laisser en nous des restes et des traces toujours capables de se réveiller, et que tout ce qui aujourd'hui nous semble étrangement inquiétant remplisse cette condition de se rattacher à ces restes d'activité psychique animiste et de les inciter à se manifester 17.

J'ajouterai ici deux observations où je voudrais faire tenir le fond essentiel de cette petite enquête. En premier lieu, si la théorie psychanalytique a raison d'affirmer que tout affect d'une émotion, de quelque nature qu'il soit, est transformé en angoisse par le refoulement, il faut que, parmi les cas d'angoisse, se rencontre un groupe dans lequel on puisse démontrer que l'angoissant est quelque chose de refoulé qui se montre à nouveau. Cette sorte d'angoisse serait justement l'inquiétante étrangeté, l' « Unheimliche », et il devient alors indifférent que celle-ci ait été à l'origine par elle-même de l'angoisse ou bien qu'elle provienne d'un autre affect. En second lieu, si telle est vraiment la nature intime de l' « Unheimliche », nous comprendrons que le langage courant fasse insensiblement passer le « Heimliche » à son contraire l' « Unheimliche » (voir 167-175) car cet « Unheimliche » n'est en réalité rien de nouveau, d'étranger, mais bien plutôt quelque chose de familier, depuis toujours, à la vie psychique, et que le processus du refoulement seul a rendu autre. Et la relation au refoulement éclaire aussi pour nous la définition de Schelling, d'après laquelle l' « Unheimliche », l'inquiétante étrangeté, serait quelque chose qui aurait dû demeu-rer caché et qui a reparu.

Il ne nous reste plus qu'à appliquer les vues que nous venons d'acquérir à l'éluci-dation de quelques autres cas d'inquiétante étrangeté.

Ce qui semble, à beaucoup de gens, au plus haut degré étrangement inquiétant, c'est tout ce qui se rattache à la mort, aux cadavres, à la réapparition des morts, aux spectres et aux revenants.

Nous avons vu que plusieurs langues modernes ne peuvent rendre notre expression « une maison unheimlich » autrement que par cette circon-locution : une maison hantée. En somme, nous aurions pu commencer nos recherches par cet exemple, le plus frappant peut-être de l'inquiétante étrangeté, mais nous ne l'avons pas fait car, dans ce cas, celle-ci se con. ; fond trop avec l'effrayant et s'en trouve en partie recouverte. Mais il n'y a guère d'autre domaine dans lequel notre pensée et nos sensations se soient aussi peu modifiées depuis les temps primitifs, où ce qui est ancien se soit aussi bien conservé sous un léger vernis, que nos relations à la mort. Deux facteurs expliquent cet arrêt évolutif : la force de nos réactions sentimentales primitives et l'incertitude de notre savoir scientifique. Notre biologie n'a pu encore déterminer si la mort est une fatalité nécessaire inhérente à tout ce qui vit ou seulement un hasard régulier, mais peut-être évitable, de la vie même. La proposition : tous les hommes sont mortels, s'étale, il est vrai, dans les traités de logi-que comme exemple d'une assertion générale, mais elle n'est, au fond, une évidence pour personne, et notre inconscient a, aujourd'hui, aussi peu de place qu'autrefois pour la représentation de notre propre mortalité. De nos jours encore, les religions contestent son importance au fait incontestable de la mort individuelle, et elles font continuer l'existence par-delà la fin de la vie ; les autorités publiques ne croiraient pas pouvoir maintenir l'ordre moral parmi les vivants, s'il fallait renoncer à voir la vie terrestre corrigée par un au-delà meilleur ; on annonce sur les colonnes d'affichage de nos grandes villes des conférences qui se proposent de faire connaître comment on peut se mettre en relation avec les âmes des défunts, et il est indéniable que plusieurs des meilleurs esprits et des plus subtils penseurs parmi les hommes de science, surtout vers la fin de leur propre vie, ont estimé que la possibilité à de pareilles communications n'était pas exclue.

Comme la plupart d'entre nous pense encore sur ce point comme les sauvages, il n'y a pas lieu de s'étonner que la primitive crainte des morts soit encore si puissante chez nous et se tienne prête à resurgir dès que quoi que ce soit la favorise. Il est même probable qu'elle conserve encore son sens ancien : le mort est devenu l'ennemi du survivant, et il se propose de l'emmener afin qu'il soit son compagnon dans sa nouvelle existence. On pourrait plutôt se demander, vu cette immutabilité de notre attitude envers la mort, où se trouve la condition du refoule-ment exigible pour que ce qui est primitif puisse reparaître en tant qu'inquiétante étrangeté. Mais elle existe cependant ; officiellement, les soi-disant gens cultivés ne croient plus que les défunts puissent en tant qu'âmes réapparaître à leurs yeux, ils ont rattaché leur apparition à des conditions lointaines et rarement réalisées, et la primitive attitude affective à double sens, ambivalente, envers le mort, s'est atténuée dans les couches les plus hautes de la vie psychique jusqu'à n'être plus que celle de la piété 18.

Nous n'avons plus que peu de chose à ajouter car, avec l'animisme, la magie et les enchantements, la toute-puissance des pensées, les relations à la mort, les répétitions involontaires et le complexe de castration, nous avons à peu près épuisé l'ensemble des facteurs qui transforment ce qui n'était qu'angoissant en inquiétante étrangeté.

On dit aussi d'un homme qu'il est « unheimlich », étrangement inquiétant, quand on lui suppose de mauvaises intentions.

Mais cela ne suffit pas, il faut ajouter ici que ces siennes intentions, pour devenir malfaisantes, devront se réaliser à l'aide de forces particulières. Le « gettatore » en est un bon exemple, ce personnage étrangement inquiétant de la superstition romane qu'Albert Schaeffer dans Joseph Montfort, a transformé, avec une

intuition poétique et une profonde intelligence psychanalytique, en
une figure sympathique. Mais ces forces secrètes nous ramènent de
nouveau à l'animisme. C'est le pressentiment de ces forces
mystérieuses qui fait paraître Méphisto si étrangement inquiétant à la
pieuse Marguerite :

Elle pressent que je dots être un génie
ou peut-être bien même le Diable 19.

L'impression étrangement inquiétante que font l'épilepsie, la folie, a
la même origine. Le profane y voit la manifestation de forces qu'il ne
soupçonnait pas chez son prochain, mais dont il peut pressentir
obscurément l'existence dans les recoins les plus reculés de sa propre
personnalité. Le Moyen Age, avec beaucoup de logique, et presque
correctement du point de vue psychologique, avait attribué à
l'influence de démons toutes ces manifestations morbides. Je ne serai
pas non plus étonné d'appren-dre que la psychanalyse, qui s'occupe
de découvrir ces forces secrètes, ne soit devenue elle-même, de par
cela, étrangement inquiétante aux yeux de bien des gens. Dans un cas
où j'avais réussi, quoique pas très rapidement, à guérir une jeune fille
malade depuis de longues années, je l'ai entendu dire à la mère de la
jeune fille depuis longtemps guérie.

Des membres épars, une tête coupée, une main détachée du bras,
comme dans un conte de Hauff, des pieds qui dansent tout seuls
comme dans le livre de A. Schaeffer cité plus haut, voilà ce qui, cri
soi, a quelque chose de tout particulièrement étrange-ment inquiétant,
surtout quand il leur est attribué, ainsi que dans ce dernier exemple,
une activité indépendante. C'est, nous le savons déjà, de la relation au
complexe de castration que provient cette impression particulière.
Bien des gens décerneraient la couronne de l'inquiétante étrangeté à
l'idée d'être enterrés vivants en état de léthargie. La psychanalyse
nous l'a pourtant appris : cet effrayant fantasme n'est que la trans-
formation d'un autre qui n'avait. à l'origine rien d'effrayant, mais était

au contraire accompagné d'une certaine volupté, à savoir le fantasme de la vie dans le corps maternel.

*

Bien qu'elle soit à la rigueur incluse dans nos précédentes allégations sur l'animisme et les méthodes périmées de travail de l'appareil psychique, nous ferons ici une observation générale qui nous semble mériter d'être mise en valeur : c'est que l'inquiétante étrangeté surprit souvent et aisément chaque fois où les limites entre imagination et réalité s'effacent, où ce que nous avions tenu pour fantastique s'offre à nous comme réel, où un symbole prend l'importance et la force de ce qui était symbolisé et ainsi de suite.

Là-dessus repose en grande partie l'impression inquiétante qui s'attache aux pratiques de magie. Ce qu'elles comportent d'infantile et qui domine aussi la vie psychique du névrosé, c'est l'exagération de la réalité psychique par rapport à la réalité matérielle, trait qui se rattache à la toute-puissance des pensées. Pendant le blocus de la guerre mondiale, un numéro du magazine anglais Strand me tomba entre les mains, dans lequel, parmi d'autres élucubrations assez peu intéres-santes, je pus lire l'histoire d'un jeune couple qui s'installe dans un appartement meublé où se trouve une table de forme étrange avec des crocodiles en bois sculpté. Vers le soir, une insupportable et caractéristique puanteur se répand dans l'appartement, on trébuche dans l'obscurité sur quelque chose, on croit voir glisser quelque chose d'indéfinissable dans l'escalier, bref, on devine qu'à cause de la présence de cette table, des crocodiles fantômes hantent la maison, ou bien que, dans l'obscurité, les monstres de bois sculpté prennent vie ou que quelque chose d'analogue a lieu. L'histoire était assez sotte, mais l'impression d'inquiétante étrangeté qu'elle produisait était de premier ordre.

Pour clore cette série, encore bien incomplète, d'exemples, nous mentionnerons une observation que la clinique psychanalytique nous a permis de faire et qui, si elle ne repose pas sur quelque coïncidence fortuite, nous apporte la confirmation la plus belle de notre conception de l'inquiétante étrangeté.

Il arrive souvent que des hommes névrosés déclarent que les organes génitaux féminins représentent pour eux quelque chose d'étrangement inquiétant. Cet étrangement inquiétant est cependant l'orée de l'antique patrie des enfants des hommes, de l'endroit où chacun a dû séjourner en son temps d'abord. On le dit parfois en plaisantant : Liebe ist Heimweh (l'amour est le mal du pays), et quand quelqu'un rêve d'une localité ou d'un paysage et pense en rêve : je connais cela, J'ai déjà été ici - l'interprétation est autorisée à remplacer ce lieu par les organes génitaux ou le corps maternel. Ainsi, dans ce cas encore, l' « Unheimliche » est ce qui autrefois était « heimisch », de tous temps familier. Mais le préfixe « un » placé devant ce mot est la marque du refoulement.

III

Ait cours de la lecture des pages précédentes, des doutes ont déjà dû s'élever chez le lecteur sur la validité de notre conception. Il serait temps de les embrasser d'un coup d'œil d'ensemble et de les exprimer.

Peut-être est-il vrai que l' « Unheimliche » est le « Heimliche-Heimische », c'est-à-dire l' « intime de la maison », après que celui-ci a subi le refoulement et en a fait retour, et que tout ce qui est « unheimlich » remplit cette condition. Mais l'énigme de l'inquiétante étrangeté ne semble pas être par là résolue. De toute évidence, notre pro-position ne supporte pas le renversement. N'est pas nécessairement étrangement inquiétant tout ce qui rappelle des désirs refoulés et des modes de penser réprimés propres aux temps primitifs de l'individu ou des peuples.

Aussi ne voudrions-nous pas passer sous silence ce fait : on peut, à chacun des exemples qui devrait démontrer notre proposition, opposer un cas analogue qui le contredit. Par exemple, la main coupée, dans le conte de Hauff : « Histoire de la main coupée », fait certes une impression étrangement inquiétante, que nous avons rappor-tée au complexe de castration. Mais, dans l'histoire du trésor de Rhampsenit, dans Hérodote, le maître voleur que la princesse veut retenir par la main lui tend la main coupée de son frère à lui, et je crois que d'autres jugeront, comme moi, que ce trait ne fait aucune impression d'inquiétante étrangeté, etc.

La rapide réalisation des désirs, dans Der Ring des Polycrates

(L'anneau de Polycrate), produit sur nous un effet tout aussi étrangement inquiétant que sur le roi d'Égypte lui-même.

Pourtant, dans nos contes populaires, il y a des masses de souhaits aussitôt accomplis que formés, et toute inquiétante étrangeté est exclue de la chose. Dans le conte des « Trois Souhaits », la femme se laisse aller, séduite par la bonne odeur d'une saucisse qu'on fait cuire, à dire, qu'elle voudrait bien en avoir une pareille. Aussitôt, en voilà une sur l'assiette. Plein de colère contre l'indiscrète, l'homme souhaite que la saucisse lui pende au nez. La voilà, qui, aussitôt, lui pendille au nez. Tout cela est très impressionnant, mais dénué de toute inquiétante étrangeté. Le conte se place d'emblée ouvertement sur le terrain de l'animisme, de la toute-puissance des pensées et des désirs, et, du reste, je ne saurais citer un seul vrai conte de fées où se fasse quelque chose d'étrangement inquiétant. Nous avons vu que cette impression est produite au plus haut degré par des objets, images ou poupées inanimées qui prennent vie, mais, dans Andersen, la vaisselle, les meubles, le soldat de plomb vivent et rien n'est peut-être plus loin de faire une impression d'inquiétante étrangeté. De même on aura peine à trouver étrangement inquiétant le fait que la belle statue de Pygmalion s'anime.

Nous avons appris à considérer comme étrangement inquiétant la léthargie et le retour des morts à la vie. Ce sont choses pourtant très fréquentes dans les contes de fées et qui oserait dire qu'il soit étrangement inquiétant, de voir, par exemple, Blanche-neige dans son cercueil rouvrir les yeux ? De même dans les histoires miraculeuses, par exemple du Nouveau Testament, la résurrection des morts évoque des sentiments qui n'ont rien à voir avec l'inquiétante étrangeté.

Le retour involontaire de l'identique, qui nous a fourni des effets si manifestes de ce sentiment, préside cependant à toute une série d'autres cas faisant un effet très différent. Nous en avons déjà rencontré un de ce genre, où la répétition sert à provoquer le sentiment du comique, et nous pourrions accumuler quantité d'exemples de ce genre. D'autres fois, la répétition sert à renforcer, etc., enfin : d'où provient l'inquiétante étrangeté qui émane du silence, de la solitude, de l'obscurité ? Ces facteurs ne font-ils pas voir le rôle du danger dans la genèse de l'inquiétante étrangeté, bien que ce soit dans les mêmes conditions que nous voyions les enfants manifester le plus souvent de l'angoisse simple ? Et pouvons-nous vraiment tout à fait négliger le facteur de l'incer-titude intellectuelle après avoir admis son importance dans ce qu'il y a d'étrangement inquiétant dans la mort ?

Nous voici prêts à admettre que, pour faire éclore le sentiment de l'inquiétante étrangeté, d'autres conditions encore que celles mentionnées plus haut sont néces-saires. On pourrait, à la rigueur, dire qu'avec ce que nous avons déjà établi, l'intérêt que porte la psychanalyse au problème de l'inquiétante étrangeté est épuisé, et que ce qui en reste requiert probablement d'être étudié du point de vue de l'esthétique. Mais nous ouvririons ainsi la porte au doute : nous pourrions douter de la valeur même de nos vues relativement au fait que l' « Unheimliche » provient du « Heimische » (de l'intime) refoulé.

Une observation pourra nous amener à résoudre ces incertitudes.

Presque tous les exemples qui sont en contradiction avec ce que nous nous attendions à trouver sont empruntés au domaine de la fiction, de la poésie. Ainsi, nous en voilà avertis : il y a peut-être une différence à établir entre l'inquiétante étrangeté qu'on rencontre dans la vie et celle qu'on s'imagine simplement, ou qu'on trouve dans les livres.

Ce qui est étrangement inquiétant dans la vie dépend de conditions beaucoup plus simples, mais ne comprend que des cas bien moins nombreux. Je crois que cette inquiétante étrangeté-là se plie sans exception à nos tentatives de solution et que chaque fois elle se laisse ramener au refoulé de choses autrefois familières. Cepen-dant, là encore, il y a lieu d'établir une distinction importante et d'une grande signification psychologique que des exemples appropries pourront mieux nous faire saisir.

Prenons l'inquiétante étrangeté qui émane de la toute-puissance des pensées, de la prompte réalisation des souhaits, des forces néfastes occultes ou du retour des morts. On ne peut méconnaître la condition de laquelle dépend ici ce sentiment. Nous-mêmes, - j'entends nos ancêtres primitifs, - nous avons jadis cru réelles ces éven-tualités, nous étions convaincus de la réalité de ces choses. Nous n'y croyons plus aujourd'hui, nous avons « surmonté » ces façons de penser, niais nous ne nous sentons pas absolument sûrs de nos convictions nouvelles, les anciennes survivent en nous et sont à l'affût d'une confirmation. Alors, dès qu'arrive dans notre vie quelque chose qui semble apporter une confirmation à ces vieilles convictions abandonnées, le sentiment de l'inquiétante étrangeté nous envahit et c'est comme si nous nous disions :

serait-il donc possible qu'on puisse faire mourir quelqu'un par la simple force d'un souhait, que les morts continuent à vivre et qu'ils réapparaissent aux lieux où ils ont vécu, et ainsi de suite ? Mais pour celui qui, au contraire, se trouve avoir absolument et définitivement abandonné ces convictions animistes, ce genre d'inquiétante étrangeté n'existe plus. La plus extraordinaire coïncidence entre un souhait et sa réalisation, la répétition la plus énigmatique d'événements analogues en un même endroit ou à la même date, les plus trompeuses perceptions visuelles et les bruits les plus suspects ne l'abuseront pas, n'éveilleront pas en lui une peur que l'on puisse qualifier d'étrangement inquiétante. Ainsi il s'agit simplement ici d'un cas d'épreuve de la réalité, d'une question de réalité matérielle 20.

Tout autrement en est-il de l'inquiétante étrangeté qui émane de complexes infantiles refoulés, du complexe de castration, du fantasme du corps maternel, etc., à la différence près que les événements réels susceptibles d'éveiller ce genre d'inquié-tante étrangeté ne sauraient être nombreux. L'inquiétante étrangeté dans la vie réelle appartient le plus souvent au groupe précédent, mais du point de vue de la théorie, la distinction entre les deux groupes est des plus importantes. Dans l'inquiétante étrangeté due aux complexes infantiles, la question de la réalité matérielle n'entre pas du tout en jeu, c'est la réalité psychique qui en tient lieu. Il s'agit ici du refoulement effectif d'un contenu psychique et du retour de ce refoulé, non de l'abolition de la croyance en la réalité de ce contenu psychique lui-même. On pourrait dire que dans l'un des cas un certain contenu de représentations est refoulé, dans l'autre la croyance en sa réalité (matérielle).

Mais cette dernière manière de s'exprimer étend probable-ment au-delà de ses limites légitimes l'emploi du terme de « refoulement ». Il serait plus correct de tenir compte ici d'une différence psychologique sensible et de qualifier la condition dans laquelle se trouvent les convictions animistes de l'homme civilisé, d'état plus ou moins « surmonté ». Nous nous résumerions alors ainsi : l'inquiétante étrangeté prend naissance dans la vie réelle lorsque des complexes infantiles refoulés sont ranimés par quelque impression extérieure, ou bien lorsque de primitives convictions surmontées semblent de nouveau être confirmées. Enfin, il ne faut pas, par prédilection pour les solutions faciles et les exposés clairs, se refuser à reconnaître que les deux sortes d'inquiétante étrangeté que nous distinguons ici ne peuvent pas toujours se séparer nettement dans la vie réelle. Quand on considère que les convictions primitives se rattachent profondément aux complexes infantiles et y prennent, à proprement parler, racine, on ne s'étonnera pas beaucoup de voir leurs limites se confondre.

Ce qui est étrangement inquiétant dans la fiction, l'imagination, la poésie, mérite, de fait, un examen à part. L'inquiétante étrangeté dans la fiction est avant tout beau-coup plus pleine et riche que cette même étrangeté dans la vie réelle ; elle englobe complètement celle-ci et comprend de plus autre chose encore qui ne se présente pas dans les conditions de la vie. Le contraste entre ce qui est refoulé et ce qui est « surmonté » ne peut pas être transposé à l'inquiétante étrangeté dans la fiction sans une importante mise au point, car le domaine de l'imagination implique, pour être mis en valeur, que ce qu'il contient soit dispensé de l'épreuve de la réalité.

Le résultat, qui tourne au paradoxe en est donc, que dans la fiction bien des choses ne sont pas étrangement inquiétantes qui le seraient si elles se passaient dans la vie, et que, dans la fiction, il existe bien des moyens de provoquer des effets d'inquiétante étrangeté qui, dans la vie, n'existent pas.

L'auteur, qui dispose de nombreuses libertés, possède aussi celle de choisir à son gré le théâtre de son action, que celui-ci appartienne à la réalité familière ou s'en écarte d'une manière quelconque. Nous le suivons dans tous les cas. Le monde des contes de fées, par exemple, a, dès l'abord, abandonné le terrain de la réalité et s'est rallié ouvertement aux convictions animistes. Réalisation des souhaits, forces occul-tes, toute-puissance des pensées, animation de l'inanimé, autant d'effets courants dans les contes et qui ne peuvent y donner l'impression de l'inquiétante étrangeté. Car, pour que naisse ce sentiment, il est nécessaire, comme nous l'avons vu, qu'il y ait débat, afin de juger si l' « incroyable », qui fut surmonté ne pourrait pas, malgré tout, être réel ; or, cette question a été écartée dès l'abord par les conventions qui président au monde où évoluent les contes. De cette manière le conte, qui nous a fourni la plupart des exemples qui sont en contradiction avec notre théorie de l'inquiétante étrangeté, réalise le cas, d'abord mentionné, dans lequel au domaine de la fiction, bien des choses ne sont pas étrangement inquiétantes, qui le seraient dans la vie réelle. De plus, d'autres facteurs concourent à ce fait, facteurs, qui, plus tard, seront rapidement effleurés.

L'auteur peut aussi s'être créé un monde qui, moins fantastique que celui des contes, s'écarte pourtant du monde réel par le fait qu'il admet des être surnaturels, démons ou esprits des défunts.

Tout ce qui pourrait sembler étrangement inquiétant dans ces apparitions disparaît alors dans la mesure où s'étend le domaine des conventions présidant à cette réalité poétique. Les âmes de l'Enfer de Dante ou les apparitions dans Hamlet, Macbeth ou Jules César de

Shakespeare peuvent être effrayantes et lugubres au possible, mais elles sont, au fond, aussi dénuées d'inquiétante étrangeté que, par exemple, l'univers serein des dieux d'Homère. Nous adaptons notre jugement aux conditions de cette réalité fictive du poète et nous considérons alors les âmes, les esprits et les revenants comme s'ils avaient une existence réelle ainsi que nous-mêmes dans la réalité matérielle. C'est là encore un cas où le sentiment de l'inquiétante étrangeté nous est épargné.

Tout autrement en est-il quand l'auteur semble s'en tenir au terrain de la réalité courante. Il assume alors toutes les conditions qui importent pour faire naître dans la vie réelle le sentiment de l'inquiétante étrangeté, et tout ce qui agit de façon étrangement inquiétante dans la vie produit alors le même effet dans la fiction. Mais, dans ce cas, l'auteur a la possibilité de renforcer, de multiplier encore l'effet d'inquié-tante étrangeté bien au-delà du degré possible dans la vie réelle en faisant surgir des incidents qui, dans la réalité, ne pourraient pas arriver, ou n'arriver que très rarement. Il fait pour ainsi dire se trahir en nous notre superstition soi-disant réprimée, il nous trompe en nous promettant la vulgaire réalité et en en sortant cependant. Nous réagissons à ses fictions comme nous le ferions à des événements nous concernant ; quand nous remarquons la mystification il est trop tard, l'auteur a déjà atteint son but, mais je soutiens, moi, qu'il n'a pas obtenu un effet pur.

Il nous reste un sentiment d'insatisfaction, une sorte de rancune qu'on ait voulu nous mystifier, ainsi que je l'ai éprouvé très nettement après la lecture du récit de Schnitzler, Die Weissagung (la Prophétie), et d'autres productions du même ordre recourant au miraculeux. L'écrivain dispose encore d'un autre moyen pour se dérober à notre révolte et améliorer du même coup les conditions lui permettant d'atteindre son but. Ce moyen consiste à ne pas nous laisser deviner pendant un temps assez long quelles conventions président à l'univers qu'il a adopté, ou bien d'éviter, avec art et astuce, jusqu'à la fin, de nous en donner une explication décisive. Somme toute, le cas énoncé tout à l'heure se réalise, et l'on voit que la fiction peut créer de nouvelles formes du sentiment de l'inquiétante étrangeté qui n'existent pas dans la vie réelle.

Toutes ces variations ne se rapportent vraiment qu'au sentiment d'inquiétante étrangeté provenant de ce qui est « surmonté ». L'inquiétante étrangeté émanée des complexes refoulés est plus résistante, elle reste dans la fiction (à une condition près) tout aussi étrangement inquiétante que dans la vie. L'autre cas de l'inquiétante étran-geté, celle émanant du « surmonté », présente ce caractère et dans la réalité et dans la fiction qui s'élève sur le terrain de la réalité matérielle, mais il peut le perdre dans les réalités fictives créées par l'écrivain.

Les libertés de l'auteur et, à leur suite, les privilèges de la fiction pour évoquer et inhiber le sentiment de l'inquiétante étrangeté ne sauraient évidemment être épuisés par les précédentes remarques.

Envers ce qui nous arrive dans la vie, nous nous comportons en général tous avec une passivité égale et restons soumis à l'influence des faits. Mais Dons sommes dociles à l'appel du poète ; par la disposition dans laquelle il nous met, par les expectatives qu'il éveille en nous, il peut détourner nos sentiments d'un effet pour les orienter vers un autre, il peut souvent d'une même matière tirer de très différents effets. Tout cela est connu depuis longtemps et a probablement été jugé à sa valeur par les esthéticiens de profession. Nous avons été entraînés sans le vouloir par nos recherches sur ce domaine, ceci en cherchant à élucider la contradiction que constituent à notre dérivation de l'inquiétante étrangeté certains exemples cités plus haut. Aussi, allons-nous reprendre quelques-uns de ceux-ci.

Tout à l'heure nous nous demandions pourquoi la main coupée du Trésor de Rhampsenit ne faisait pas la même impression d'inquiétante étrangeté que celle de l'histoire de la main coupée de Hauff. Cette question nous semble maintenant avoir plus de portée, car nous avons constaté la plus grande résistance de l'inquiétante étrangeté émanée des complexes refoulés. Cependant la réponse est facile à donner : dans cette histoire nous ne vibrons pas aux émotions de la princesse, mais à la ruse supérieure du maître voleur. Le sentiment d'inquiétante étrangeté n'a probablement pas été épargné à la princesse, nous trouvons même vraisemblable qu'elle se soit évanouie, mais nous n'éprouvons rien de réellement inquiétant et étrange, car nous ne nous mettons pas à sa place, à elle, mais à celle du maître voleur.

Sous un autre signe, l'impression d'inquiétante étrangeté nous est épargnée dans la farce de Nestroy.

Der Zerrissene (Le déchiré), lorsque le fugitif qui se croit un meurtrier, voit, en soulevant le couvercle de chacune des trappes, surgir à chaque fois le soi-disant fantôme de l'assassiné et s'écrie, désespéré : « Pourtant, je n'en ai tué qu'un seul ! » Quel sens a ici cette atroce multiplication ? Nous savons quelles sont les conditions préliminaires de la scène et nous ne partageons pas l'erreur du « déchiré » ; voilà pourquoi ce qui, pour lui, doit être étrangement inquiétant, ne produit sur nous qu'un effet irrésistiblement comique. Et même un véritable spectre, comme celui du conte de O. Wilde, Le fantôme de Canterville, perd tous droits à inspirer la moindre terreur, du moment que l'écrivain se permet la plaisanterie de le laisser tourner en ridicule et berner. L'effet affectif peut être indépendant à ce point du choix de la matière au domaine de la fiction. Quant au monde des contes de fées, les sentiments d'angoisse, partant les sentiments d'inquiétante étrangeté, ne doivent pas y être éveillés. Nous le comprenons, et c'est pourquoi nous détournons les yeux de tout ce qui pourrait provoquer un effet semblable.

De la solitude, du silence, de l'obscurité, nous ne pouvons rien dire, si ce n'est que ce sont là vraiment les éléments auxquels se rattache l'angoisse infantile qui jamais ne disparaît tout entière chez la plupart des hommes. De ce problème, l'investigation psychanalytique s'est occupée ailleurs.

FIN DE L'ARTICLE.

FIN